L'orage

Du même auteur

Aux éditions Fayard :

Blanche et Lucie, roman, 1976.
Le Cahier volé, roman, 1978.
Contes pervers, nouvelles, 1980.
La Révolte des nonnes, roman, 1981.
Les Enfants de Blanche, roman, 1982.
Lola et quelques autres, nouvelles, 1983.
Sous le ciel de Novgorod, roman, 1989.
La Bicyclette bleue, roman, 1981.
101, avenue Henri-Martin (La Bicyclette bleue, tome II), roman, 1983.
Le Diable en rit encore (La Bicyclette bleue, tome III), roman, 1985.
Noir Tango, roman, 1991.
Rue de la soie , roman, 1994.
La Dernière Colline , roman, 1996.
Carnet I. Roger Stéphane ou La Passion d'admirer, Fayard/Spengler, 1995.

Aux éditions Jean-Jaques Pauvert :

O m'a dit, entretiens avec l'auteur d'*Histoire d'O*, Pauline Réage, 1975 ; nouvelle édition, 1995.

Aux éditions Albin Michel :

Pour l'amour de Marie Salat, roman, 1987.

ISBN 2-911621-06-9

Régine Deforges

L'orage

roman

Collection dirigée par Franck Spengler

LE GRAND LIVRE DU MOIS

Il a été tiré de cet ouvrage dix exemplaires hors commerce numérotés de I à X et quarante exemplaires numérotés de 1 à 40 constituant l'édition originale.

à Pierre

Ô que ma quille éclate !
Ô que j'aille à la mer !

Arthur Rimbaud

AI-JE *raison ?*

APRÈS *des années d'hésitations, j'ai décidé de faire publier ces pages écrites il y a plus de vingt ans par une jeune femme amoureuse. Malgré leur obscénité et des scènes difficilement supportables, j'ai trouvé que ce texte cru était une des plus belles histoires d'amour qu'il m'ait été donné de connaître, et que cette passion exemplaire ne devait pas être sue que de moi seul.*

Jeudi 1er août

JE reviens de ton enterrement. Il fait beau.

Il fait beau comme tu aimes, avec un vent léger qui fait chanter les peupliers. Je t'aime.

Ta mère a été insupportable, pleurant, criant, se jetant sur ta tombe. Moi, je souriais ; je savais que tu reposais sous la terre fraîche, qu'il fallait que je sois patiente, que d'ici quelque temps tu reviendrais... Mais ne sois pas trop long, c'est si dur les nuits sans toi !... Ne t'inquiète pas, comme je te l'ai promis, je serai sage et gaie... Pas trop sage, tu le sais.

Samedi 3 août

IL fait toujours très beau. Les rosiers blancs embaument toute la cour. Dans le cœur d'une rose, j'ai trouvé un splendide scarabée d'un vert mordoré. Il y avait longtemps que je n'en avais vu d'aussi beau.

L'ORAGE

Dimanche 4 août

CE matin, je suis sortie à l'aube et suis descendue jusqu'à la terrasse en passant par la pelouse ; j'avais les pieds et le bas de ma chemise mouillés. Des filets de brume s'enlaçaient aux pins que tu as fait planter. Un train est passé au loin...

Une grande douceur planait sur les coteaux. J'étais bien, en paix, malgré ton absence.

Je suis remontée vers la maison en serrant mon châle contre moi. Sous ma chemise de nuit, la fraîcheur matinale durcissait la pointe de mes seins jusqu'à me faire mal, comme après tes morsures.

Dans la cuisine, j'ai fait chauffer un peu de lait. Le chat est venu se frotter contre mes jambes en miaulant ; je l'ai repoussé d'un coup de pied ; je ne veux pas qu'il me touche... Personne d'autre que toi n'a le droit de me toucher, pas même le chat ! Pourtant, j'aime bien le chat...

Comme à chaque fois, le lait a débordé ! Je sais, cela t'agace. J'ai beau faire attention, le lait déborde toujours.

J'ai versé ce qu'il en restait dans un bol marqué à ton nom, que nous avions acheté au Croisic ; tu t'en souviens ? En refermant mes lèvres sur l'épaisse faïence, j'avais l'impression de happer l'ombre de ta bouche. Le chaud liquide ne m'en a paru que meilleur.

J'ai pris un panier et suis sortie dans le jardin pour cueillir les dernières framboises. J'en ferai de la confiture en prenant bien garde de ne pas mettre trop de sucre, pour que tu retrouves le goût acidulé et le parfum de ce fruit que tu compares aux pointes de mes seins quand tu les as bien étirées, pincées, tordues pour les rendre plus sensibles et plus rouges.

Quand j'ai eu terminé ma cueillette, le soleil était déjà haut et chaud. Ce n'est pas encore aujourd'hui qu'il va pleuvoir.

Dans la soirée, s'il fait moins lourd qu'hier, je passerai te voir.

L'ORAGE

Lundi 5 août

LA chaleur avait craquelé la terre de ta tombe et desséché toutes les fleurs... Tu devais étouffer, là-dessous !...

J'ai couru chercher de l'eau à la fontaine. L'arrosoir était si pesant que j'ai dû le porter à deux mains. J'ai fait plusieurs voyages, tant la terre était assoiffée. J'avais mal aux reins et aux mains.

Je me suis assise sur la pierre

tombale voisine, tu sais, celle de ce poète dont nous n'avons jamais réussi à trouver le moindre recueil. Ma robe noire était si mouillée qu'elle me collait au corps. J'étais plus que nue, d'autant qu'avec cette chaleur je n'avais rien dessous. Je me suis tournée vers toi, j'ai remonté ma robe et ouvert mes cuisses pour que tu voies bien ma toison et ma fente. Je l'ai écartée comme tu aimes que je le fasse. C'était bon de sentir ton regard sur moi... La rugosité de la pierre me meurtrissait les fesses. Je me suis trémoussée lentement, puis de plus en plus vite, sans oublier de m'ouvrir, jusqu'à ce que j'aie mal, puis... j'ai crié en refermant les cuisses sur le plaisir que tu m'avais donné.

Cela a fait peur à Lulu, tu sais, l'idiot qui s'occupe du cimetière, car il s'est enfui, tenant sa grosse queue violacée entre ses mains, en couinant comme un porc... J'ai eu raison, n'est-ce pas, de ne pas le chasser ? Tu avais bien vu qu'il nous observait ?

Je suis rentrée à la maison, fatiguée, mais heureuse de ce temps passé avec toi.

Je ne sais pas pourquoi, malgré la chaleur, je me suis réveillée en claquant des dents.

Reviens vite ! J'ai froid sans toi dans notre grand lit.

L'orage

Mardi 6 août

AUJOURD'HUI, c'était jour de marché à L.. J'ai trouvé chez notre marchand des saint-marcellin bien affinés. Le champagne que tu avais commandé n'étant pas arrivé, j'ai dit à M. que tu ne serais pas content ; il m'a regardée d'un drôle d'air en bredouillant des excuses. A la librairie, j'ai acheté *Adolphe* dans une collection bon marché. Tu te souviens ? Tu m'avais dit de le lire, que c'était un roman admirable. Je te fais confiance, tu m'as toujours bien conseillée dans mes lectures... Dans le magasin, j'ai rencontré le docteur J. qui m'a susurré d'un air apitoyé :

– N'hésitez pas à m'appeler, chère petite madame, si vous avez besoin de quoi que ce soit. C'est bon pour vous de descendre en ville ; il faut vous distraire.

– C'est exactement ce que me répète sans cesse mon mari : « Distrais-toi ! »

Si tu avais vu sa tête ! J'ai bien cru qu'il avait vu un fantôme.

– Vous ne vous sentez pas bien,

docteur ? lui ai-je demandé.

– Si, si, très bien !

Et il a quitté la boutique en oubliant son journal.

– Docteur, docteur ! a crié la vendeuse.

Mais il marchait si vite, il courait presque... Drôle de type ! Heureusement que c'est un bon médecin, très dévoué, comme dit ta mère.

Mercredi, 7 août

CET après-midi, ta mère et ton père sont venus. Je leur ai dit que tu étais absent. Je me suis efforcée de me montrer souriante et aimable pour te faire plaisir. J'avais du mérite, car ta mère ne cessait de répéter en pleurant :

– Mais il est mort !... Il est mort !...

De qui parle-t-elle ?

Après leur départ, je suis

montée me faire belle pour toi. J'ai mis mon porte-jarretelles de dentelle noire et cette culotte coquine que tu m'as rapportée de Paris. Dans la glace, j'ai ajusté bien droit la couture de mes bas.

Il me semble que j'ai minci, mes cuisses me paraissent plus longues, mon ventre plus plat. Seuls mes seins me semblent plus lourds, plus gonflés. C'est normal, ils sont tellement tendus vers tes lèvres. Ah, si tu savais !...

Sotte que je suis ! Tu sais tout de moi... N'est-ce pas toi qui m'as fait découvrir chaque parcelle de mon corps et appris à en tirer du plaisir ?... Mes seins ? Tu les as modelés, tu en as allongé la pointe jusqu'à la douleur la moins supportable, la plus délicieuse. Tu en as bu le sang qui perlait après tes coups d'épingles... J'aime porter tes marques. Et ma taille, que tu serres à m'en couper le souffle dans des guêpières de plus en plus étroites...

« Je veux pouvoir te saisir entre mes deux mains, te ployer jusqu'à te briser ; la finesse de ta taille fait ressortir l'ampleur de tes hanches, la splendeur de ton cul ! »

Ah ! mon cul, tu lui voues un véritable culte ! J'aime !... J'aime quand tu me fais mettre à quatre pattes devant la cheminée où brûle un feu de sarments, la guêpière bien serrée, les bas soigneusement tirés, le cul bien cambré, tourné vers toi qui fumes, confortablement installé dans ton fauteuil. Parfois, tu introduis quelque chose dans le trou sombre : fleurs, plumes, bougie allumée. J'aime avoir un objet planté dans le trou du cul pendant que tu me regardes...

Je fais onduler mon bassin pour mieux t'exciter. Tu gémis... Je sais alors que tu déboutonnes ton pantalon au velours rugueux... Je mouille... Je viens à reculons vers toi – le jeu consiste à ne te présenter que mon cul. Si j'ai des plumes dans le derrière, je me balance pour qu'elles viennent te caresser le gland. Si c'est une bougie allumée, je fais tomber quelques gouttes de cire sur ta verge tendue. Tu pousses de petits cris dès que la cire brûlante atteint la chair raidie. Je geins comme un nourrisson réclamant le sein de sa mère. Tu m'arraches alors ce que j'ai dans le cul et tu prends la place sans ménagements. Je crie... Tu n'en as cure, tu t'enfonces de plus en plus loin, de plus en plus vite... C'est bon ! Nous jouissons avec des grognements d'animaux...

Les minutes passent... C'est le moment le plus doux ; tu restes fiché en moi... J'ai encore envie de toi. Par petits coups, je referme mes muscles autour de ta queue. Bientôt, je la sens durcir de nouveau. Tu t'agites... Non, pas là, devant !... Tu me retournes, dégages mes seins, prends à tour de rôle leur pointe entre tes dents, tu les mords, tu les tords, tu les étires, tu les pinces...

« Salope, tu mouilles trop... Je ne te sens plus... Tu vas voir, je vais te remplir... »

Que vas-tu me faire ?... J'ai peur... La peur me fait mouiller davantage.

« Ah ! mais c'est qu'on en veut !... Attends, ma belle, tu vas être gâtée ! »

Trois doigts, quatre, la main, le poing... Tes mains sont grandes et fortes, ton poing a la taille de la tête d'un nouveau-né !... Tu me forces avec un mouvement tournant... Tes phalanges dilatent, en les écorchant, les parois de mon ventre.

« Ça entre, regarde comme ça entre... C'est de cela que tu avais envie, hein, putain... Ma queue ne te suffit plus, il te faut mon poing, mon bras ! »

Je me sens écartelée... Je regarde : ton avant-bras disparaît presque entièrement... Je tente de m'ouvrir encore... Me retenant de l'autre main, tu te redresses. Tu te lèves, me portant fichée au bout de ton bras... Tu m'écartes encore... Du sang et du foutre coulent le long de ton bras, tu lèches... Ta queue bat contre mes jambes... Je la prends entre mes pieds et je la branle... J'ai envie de te boire... sans me lâcher, tu m'allonges par terre et entres dans ma bouche... Très vite, tu te répands entre mes lèvres... Mon sexe se resserre sur ton bras... Je te bois... C'est bon... Il me semble que tu m'arraches la pointe d'un sein... je hurle... J'AI MAL !... ENCORE !... ENCORE !...

Après nos folies, comme tu dis,

je me retrouve dans notre lit ou dans un bain chaud. Tu me bordes, tu me laves, tu me cajoles jusqu'à ce que je m'endorme, heureuse et repue. Je t'aime !

Au cimetière, des enfants jouant entre les tombes m'ont empêchée de rester plus longtemps avec toi. Sales mômes, ils m'ont gâché mon plaisir !

Vendredi 9 août

LE temps est à l'orage. Tous ici le guettent et le redoutent, mais il s'éloigne et va éclater ailleurs. On entend dans le lointain de sourds coups de tonnerre. A l'abri de la chaleur, derrière les volets clos, j'attends le soir pour venir te rejoindre. Je n'ai pas touché au dîner qu'Adrienne a déposé devant ma porte. Je n'ai faim que de toi.

Neuf heures sonnent au clocher

voisin, il est temps de partir pour notre rendez-vous. La chaleur est encore accablante, elle m'enveloppe instantanément, me monte le long des jambes. Bientôt je suis en sueur. La pente qui mène au cimetière me paraît plus raide que d'habitude ; cependant, je la monte presque en courant, tant j'ai hâte d'être auprès de toi.

Les fleurs de ta tombe sont définitivement fanées, brûlées même. Je les retire avant de les jeter sur le tas d'ordures. Je croise Lulu qui me lance un regard sournois. Les stridulations des cigales et des grillons s'espacent. Il fait de plus en plus sombre. Un éclair blanc déchire le noir du ciel en me faisant sursauter. Presque aussitôt, un coup de tonnerre, la foudre secoue le sol ; j'en sens les vibrations sous mes pieds. « Ce n'est pas tombé loin, je pense… » Quelques grosses gouttes de pluie chaude s'écrasent sur mon visage. Je les bois avec avidité. Rien… Le ciel s'est subitement éclairci, l'orage s'éloigne… Non, un éclair – bleu, celui-ci – a zébré le ciel, puis un autre, d'un jaune éblouissant, puis un autre… un autre… encore un autre… Je ris : la pluie va tomber !… En effet, en trombe, elle s'abat sur moi, sur toi, sur Lulu qui se sauve, là-bas… Je ris, je danse… oh, la pluie !… La bonne pluie, la chaude pluie ! En un rien de temps, les allées crevassées du cimetière sont transformées en centaines de petits torrents furieux qui contournent les arbres, se précipitent dans les tombes. Comme moi, tu ris de la sentir sur ton corps, comme moi tu danses ! La terre, au-dessus de toi, devient grasse et luisante. Je la prends et m'en barbouille le visage... Nous rions !... Le ciel est redevenu noir, la nuit s'étend sur la contrée, une nuit de fêtes, de feux d'artifice et d'éclats. « Oh ! la belle bleue ! Oh ! la belle jaune ! Oh ! la belle verte ! » C'est plus beau qu'au 14 Juillet. J'arrache ma robe et ma culotte, j'ai envie de toi. Je me mets à califourchon au-dessus de ton visage. Je frotte ma vulve contre la terre mouillée... C'est bon !... Je l'enfouis à poignées dans mon ventre ouvert... Des graviers m'écorchent... J'enfonce... Tu t'enfonces... Oui... plus loin... encore !... Ah ! tu me fais jouir !... Je m'écroule sur toi, haletante. La pluie crépite sur mon cul ; je le soulève pour mieux en profiter. Deux mains agrippent mes hanches. Est-ce toi qui grognes ainsi ?... On tente... Tu tentes d'introduire un bâton dans mon anus... Mon amour, il est bien trop gros, tu n'y arriveras pas ! Attends, je vais t'aider... Mes fesses sont-elles assez écartées ?... C'est mieux ?... Tu me déchires !... Arrête, tu es fou ! Le bâton est énorme ! Ah !...

Je perds connaissance... J'ai l'impression qu'un fer rouge me brûle les entrailles. Mon amour, quelle brute tu fais !... Près de nous, Lulu se masturbe. Je n'ai jamais vu un sexe comme le sien : noueux, démesuré... Je ris, je pense à l'expression « monté comme un âne » ! Lulu est monté comme un âne ! Me voir rire le fait rire à son tour. L'idiot a un rire pointu, aigrelet, qui jure avec ce membre fantastique. Je ris de plus belle, tandis qu'il se branle de plus en plus vite. Un premier jet de foutre, puis un second m'éclaboussent le visage. L'odeur est forte, le goût amer. Je m'en badigeonne la figure et les seins. Cela t'excite, mon chéri ?... Veux-tu qu'il me baise ?...

Tu m'as toujours dit : « Un jour, il faudra que je te fasse baiser par Lulu. » T'en souviens-tu ?...

Toujours je me récriais :

– Mais c'est l'idiot du village, un demeuré, je ne veux pas faire l'amour avec ça !

– Qui te parle de faire l'amour ? rétorquais-tu... Il s'agit de baiser, rien de plus !

Rien de plus ! Comme tu y vas, pensais-je alors ; les hommes n'y comprennent rien : pour nous, baiser et faire l'amour, c'est la même chose. Enfin, pour moi...

– Je ne baise avec plaisir que si je suis amoureuse.

– Quelle petite fille tu fais ! me répondais-tu.

Aujourd'hui, je comprends ce que tu veux dire : on peut baiser et jouir sans aimer, enfin presque... Si je baise avec ce monstre, c'est pour t'être agréable, et je ne jouirai que parce que tu me regarderas. Vois comme je l'aguiche, comme je suis habile à redonner à sa queue son volume impressionnant. Quel morceau !...

J'enlève à la hâte la terre de

mon con. Je suis toute boueuse... Ton regard... Sa bite !... AH !...

L'orage s'éloigne, la pluie glisse, douce et tiède. Je me redresse péniblement. Tout tourne autour de moi... Un liquide chaud coule entre mes cuisses. J'y mets ma main, la porte à mes lèvres et goûte : c'est un mélange de foutre, de terre et de sang... Je me relève en gémissant. Mes bas déchirés pendent sur mes chevilles, mon porte-jarretelles a disparu. Courbée, je me traîne jusqu'à la fontaine. Je m'accroupis sous l'eau froide qui apaise un peu la brûlure de mes orifices. Je reviens vers toi. Ma robe n'est plus qu'un chiffon dégoulinant ; je l'enfile avec beaucoup de mal.

« Es-tu content de moi, mon amour ?... On a bien joui, n'est-ce pas ?... Je reviendrai demain. J'espère qu'il y aura encore de l'orage. J'aime beaucoup l'orage. »

L'ORAGE

Dimanche 18 août

PARDONNE-MOI, mon amour, je n'ai pas pu venir. Après notre merveilleuse nuit, j'ai été très malade ; on a cru que j'allais mourir. Tu te rends compte, mourir à mon âge ? Mais j'ai résisté ; tu aurais été si malheureux. Nous nous aimons tellement que si l'un de nous deux mourait, l'autre ne pourrait lui survivre. Ah ! si tu venais à mourir, mon amour !... Cette horrible pensée fait remonter ma fièvre. Rassure-toi, je ne vais pas mourir, je ne vais pas te laisser seul sous la terre... A moins que... que je vienne te retrouver ? C'est une bonne idée, n'est-ce pas ?... Qu'en penses-tu ?

Dès que je serai guérie, je viendrai te rejoindre. Promis.

L'ORAGE

Mercredi 21 août

LA fièvre m'a reprise. Il paraît que, chaque nuit, je fais des cauchemars, t'appelant, te demandant de venir me chercher. C'est curieux, moi qui me souvenais toujours de mes rêves, bons ou mauvais, je ne me rappelle rien.

Il paraît que j'appelle aussi Lulu. Pauvre Lulu, depuis que je suis malade, il rôde autour de la maison, malgré Adrienne qui le chasse dès qu'elle l'aperçoit.

Samedi 24 août

JE vais mieux. Le docteur J. m'a permis de me lever.

Lulu a jeté dans ma chambre, par la fenêtre, un gros bouquet d'hortensias bleus ; il m'a semblé reconnaître ceux de la mairie. Cela m'a fait rire. Si c'est le cas, ils vont en faire une colonne dans le journal.

Dimanche 25 août

J'AI pu descendre dans le jardin. Le temps est couvert et lourd. Pourvu qu'il n'y ait pas de grêle, ce serait catastrophique pour la vigne.

Adrienne m'a fait manger de la viande rouge ; cela m'a fait du bien. Je sens mes forces revenir. Sois patient, bientôt nous serons réunis.

L'orage

Lundi 26 août

J'ai aperçu Lulu dissimulé dans le massif de troènes, sa grosse queue à la main. J'étais seule, allongée sur ma chaise longue. J'ai fait glisser la légère couverture et relevé ma chemise. Il a poussé des grognements de contentement. Il a écarté les branches pour que je voie mieux son sexe tendu. En réponse, j'ai ouvert mes cuisses et j'ai commencé à me caresser. Au début, c'était agréable, puis cela m'a ennuyée. J'avais envie que tu sois là, que tu guides mes doigts, que tu dises à l'idiot de me baiser. J'ai ramené la couverture à moi et me suis mise à pleurer comme je n'avais pas pleuré depuis longtemps. C'est trop long, tu me manques, je veux te rejoindre !... Il y a eu un grand remue-ménage dans les troènes ; Lulu s'est enfui, poursuivi par Adrienne qui criait :

– Cochon ! Sale type ! Si c'est pas malheureux... Attends un peu, je vais appeler les gendarmes !

Heureusement, Lulu court vite. Adrienne est revenue vers moi, tout essoufflée ; elle s'est méprise sur mes larmes.

– Ma pauvre petite, dans quel état il vous a mise, le saligaud!

Mardi 27 août

TON ami Jean est venu me voir ; cela m'a fait plaisir. Nous avons bien sûr parlé de toi, des prochaines vendanges. Il prépare une exposition pour le mois d'octobre, je lui ai promis que nous irions. Il m'a regardée d'une drôle de façon, inquiet et ému à la fois. D'une main hésitante, il a caressé mes cheveux. J'ai failli le repousser, mais sa caresse était agréable et son air triste et tendre me donnait envie de me blottir dans ses bras.

Tu n'es pas jaloux, au moins ?

Il m'a proposé, quand j'irais mieux, de m'emmener au bord de la mer. J'ai accepté avec joie.

Après son départ, je me suis allongée sur notre lit. L'envie de toi a été si forte que je me suis mise à trembler. J'ai voulu me relever pour aller te voir, mais je suis retombée, sans forces. Je ne suis pas encore guérie.

Je t'aime.

Mercredi 28 août

Le docteur J. est revenu, il m'a donné un fortifiant et des cachets pour dormir en me disant qu'avec le temps, cela irait mieux.

Dimanche 1er septembre

TES parents m'ont emmenée au cimetière. Il y a un mois que tu as été enterré. Tu dois commencer à trouver le temps long, là-dessous. Patiente encore un peu, je serai bientôt près de toi.

Ta mère reniflait, défigurée par les larmes. « Quand une femme pleure, disais-tu, elle doit faire en sorte d'être encore plus jolie. »

Personne n'a dû le lui dire.

Je me suis allongée sur toi, mes lèvres appuyées contre la terre pour te dire des mots tendres. Les cris de ta mère m'empêchaient de te parler, de te caresser. Ton père m'a relevée et m'a serrée contre lui. J'ai senti une larme glisser sur ma joue. Il m'a soulevée et portée jusqu'à la voiture. Je me sentais bien.

Mardi 3 septembre

J'AI lavé mes cheveux, gommé les peaux mortes de mon visage et de mon corps, que j'ai longuement baigné dans une eau parfumée. Je me suis occupée de moi comme je ne l'avais pas fait depuis longtemps. Rien de tel pour le moral que de se sentir belle et propre.

Le docteur J. est passé, il a été content de moi.

Tu ne m'en veux pas si je ne vais pas au cimetière aujourd'hui ? Je me sens envahie par une grande indolence. Je vais m'allonger au soleil pour prendre quelques couleurs.

L'orage

Jeudi 5 septembre

Il y avait longtemps que je n'avais passé une aussi agréable journée. Dès neuf heures, Jean était là, souriant, bronzé, vêtu d'un pantalon et d'un pull de lin blancs. Moi aussi, j'étais habillée de blanc – tu sais, ma large jupe boutonnée devant, et un chemisier noué à la taille. J'avais pris une veste de laine, on ne sait jamais, le temps est si changeant en septembre. Adrienne nous avait préparé un panier pour le pique-nique.

Durant le trajet, nous n'avons presque pas parlé. La route filait, droite et monotone, entre les pins. Jean a pris un chemin forestier et a garé la voiture près d'une cabane servant d'abri aux chasseurs. Il m'a donné la main pour escalader la dune ; une main longue et forte, presque aussi belle que les tiennes. D'un coup, on a vu l'océan.

Chaque fois que je découvre la mer, c'est comme un choc ; je sens ma poitrine se dilater tandis qu'une force irrépressible me force à courir vers elle. C'est ce que j'ai fait en criant, dévalant, bras en croix, la dune à toute vitesse. Jean avait du mal à me suivre. Tout en courant, j'ai défait les boutons de ma jupe et enlevé mon corsage. Comme j'avais pensé à mettre mon maillot, je me suis jetée sans attendre dans l'eau. Qu'elle était froide !...

Jean m'a rejointe, nous avons fait la course jusqu'à la bouée. Nous nous y sommes accrochés, essoufflés. Je riais.

– Comme tu es jeune et belle ! m'a-t-il dit d'un air ébloui.

J'ai pensé : « Lui aussi est jeune et beau. »

Je me suis approchée de lui et j'ai glissé mes jambes entre les siennes. J'ai plongé et pris ses couilles entre mes mains. J'ai voulu retirer son slip de bain, mais il m'a forcée à remonter.

– Pourquoi ? ai-je demandé.

Il a eu un triste sourire.

– C'était mon ami, je ne veux pas le tromper.

Qui parle de tromper ?... Les hommes sont bêtes, ils ne comprennent rien. Heureusement, toi, tu n'es pas comme eux. Tu aimes que je fasse l'amour avec tes amis.

Agacée, j'ai nagé vers la plage déserte. Je me suis affalée sur le sable mouillé. Doucement, les vagues me soulevaient... Le devant de mon corps était froid, tandis que le soleil chauffait mon dos.

Jean est venu s'allonger près de moi. J'ai senti son regard sur mes reins. Je me suis cambrée. Une vague plus forte que les autres nous a projetés l'un contre l'autre. « C'est un signe » aurais-tu dit. Nos jambes et nos bras se sont emmêlés. Nous avons roulé dans les vagues. Il a dégagé mes seins, y frottant son visage, agaçant les pointes tendues.

– Mords-moi ! ai-je ordonné.

Il a obéi, timidement d'abord.

– Plus fort ! ai-je crié.

Ses dents se sont enfoncées

tandis que ses doigts pinçaient l'autre mamelle. J'ai joui avec violence, tandis qu'en pleurant il murmurait mon nom : « Marie... »

L'ORAGE

Samedi 7 septembre

CETTE nuit, des cailloux jetés contre les volets de ma chambre m'ont réveillée. Je les ai entrouverts et j'ai vu Lulu, debout au milieu de la cour, tenant d'une main sa queue qu'il tendait vers moi, et, de l'autre, son énorme chien qui m'a toujours fait peur. Souviens-toi, tu me disais : « Si tu n'es pas sage, je te ferai mettre par le chien de Lulu... »

J'enfile une robe et des espadrilles. Je passe devant la porte de la chambre où dort Adrienne depuis que j'ai été malade ; un ronflement en monte, je peux aller tranquille.

Dehors, Lulu me prend par la main. Il marche à grands pas, j'ai peine à le suivre. Son sexe, qu'il n'a pas remis dans son pantalon, bat le long de ses cuisses. Où m'emmène-t-il ? Cela m'est égal. Je suis heureuse que tu l'aies envoyé me chercher. Là où tu me dis d'aller, je vais. J'ai oublié le chien.

En contrebas de la route, à l'entrée du village, se trouve la demeure de Lulu. Il vit dans une sorte de grotte qui servait autrefois d'écurie, avec ses deux frères, son père et sa mère impotente. Nous traversons une cour encombrée de détritus de toutes sortes. Il pousse une porte, la pièce est sombre. Il ne doit pas y avoir d'électricité, car une lampe à pétrole allumée pend au plafond. Malgré la pénombre, je distingue trois hommes et une femme assis à une longue table. Je sens leurs regards sur moi. Les hommes se lèvent et s'approchent. Une soudaine lueur les éclaire ; quelqu'un a jeté une brassée de sarments dans la cheminée. Je les dévisage avec curiosité. Ils sont aussi grands que Lulu et arborent un air méchant qu'il n'a pas. Je leur souris. Le plus vieux, le père sans doute, me tend un verre poisseux rempli de vin rouge et ordonne :

– Bois, c'est du bon.

Je vide le verre d'un trait. C'est vrai qu'il est bon. Il le remplit de nouveau. Je ne refuse pas, je suis assoiffée. Je bois plus lentement, en amateur. Le troisième, je n'ose le refuser. Au quatrième, j'ai si chaud que j'ai envie de retirer ma robe. La mère, immonde sorcière, boit goulûment ; du vin coule le long de son menton ; elle rote et elle pète.

– Un peu de tenue, la vieille, dit son mari. Il y a une dame ici !

Elle pète de plus belle. Tous éclatent de rire.

J'ai chaud, je sens la sueur couler entre mes seins, le long de mes aisselles. Lulu prend le bas de ma robe et la relève, je me tortille pour l'aider à la retirer. Je suis nue et je bois.

Un des frères a sorti un harmonica. Je danse. Lulu aussi s'est mis à danser – enfin si l'on peut appeler « danse » ce balancement qui le fait ressembler à un ours de foire. A chaque mouvement, sa queue bandée lui heurte l'estomac. Le père me maintient la tête en arrière et me force à boire. Je ris, éclaboussée de vin. Les deux frères m'allongent sur la table. L'un d'eux me tient les bras cependant que l'autre m'écarte les jambes. Pourquoi font-ils cela ? Ai-je l'air de n'être pas consentante ? Tu ne serais pas satisfait de moi, mon amour, si je me refusais à ces hommes puants et sales, toi qui as toujours voulu m'emmener me faire baiser dans les bois ou sur le bord des routes par des inconnus. Je n'ai jamais accepté, mais, aujourd'hui, je tiens à te faire plaisir ; je vais jouir par tous mes trous !

Le premier, le père, m'enfile

un membre qui n'a pas grand-chose à envier à celui de Lulu. Très vite, il arrive au bout de son affaire, ce qui ne fait pas la mienne. Un des fils lui succède. Ah ! c'est mieux !... L'autre frère et Lulu n'en perdent pas une miette. J'attire le sexe de Lulu à mes lèvres et le lèche à petits coups. Pas question de le mettre dans ma bouche, il est trop gros. Je caresse les couilles de l'autre. Celui qui me baise éjacule en poussant de petits cris ; celui que je branlais me retourne et me soulève le cul. Il glisse ses doigts dans mon con et se badigeonne la queue de foutre. Il m'écarte les fesses et s'introduit sans trop de mal dans mon anus. Lulu se glisse sous moi et tente de me fourrer sa bite dans le ventre. Je suis si mouillée et si remplie par derrière qu'il doit s'y reprendre à plusieurs reprises. Enfin, il y arrive ! Le père, auquel ce spectacle a redonné de la vigueur, fourre son sexe gluant dans ma bouche. Tous mes trous sont comblés.

J'aime ! Tu aimes ?...

Ils explosent en même temps. Je jouis de toutes parts. Une odeur de pisse, de sperme, de merde et de vinasse s'est répandue dans la pièce. Dans son coin, près de la cheminée, la vieille infirme, jupes troussées, pousse de petits couinements. Je flotte...

Debout sur ses pattes arrières, le chien aboie en essayant de monter sur la table. Le père l'aide :

– Le salopiaud, il veut sa part !

Les quatre hommes rient en se tapant sur les cuisses, entre lesquelles pendent leurs bites. Ils me retournent et me mettent à quatre pattes ; je sens le museau froid du chien qui me flaire, puis me donne de grands coups de langue. Je tourne la tête, une longue queue rouge sort d'entre ses poils, ses pattes griffues se posent sur mes épaules, des mains l'aident à me pénétrer. Son sexe heurte le fond de mon ventre, je le sens grossir. Il me mord si violemment la nuque que je perds connaissance…

Quand je reviens à moi, le chien, allongé devant la cheminée, lèche son gland tandis que les hommes boivent en riant, la bite toujours hors de leur pantalon. Le père s'approche et me verse du vin entre les jambes avant de m'en faire boire au goulot. Cela lui donne une idée : il pousse la bouteille dans mon vagin. C'est froid. Il pousse si fort que j'ai peur qu'elle ne se casse. Ses trois fils l'encouragent :

– Vas-y, papa, la garce aime ça !

Mais il est trop saoul, la bouteille lui échappe des mains et se casse sur le sol. Alors ils se ruent sur moi, je ne sais plus qui me baise : les bouteilles, leurs sexes, le chien, la vieille...

Il me semble qu'on me donne des coups de bâton sur la tête. J'ouvre les yeux, une faible lueur passe sous la porte ; ce doit être le matin. Il faut que je rentre à la maison ; sinon, Adrienne sera furieuse. Je suis allongée par terre, j'ai froid. J'essaie de me relever. Une atroce douleur venant de mon ventre, de mon cul, me fait retomber. J'essaie de respirer profondément, calmement ; la douleur s'éloigne. En m'accrochant à la table, je parviens à me mettre debout. Le bas de mon corps est couvert de sang séché. Tout tourne autour de moi. Au prix d'un effort que tu n'imagines pas, je fais quelques pas. La douleur est revenue, mais supportable. Nue, salie de poussières, de vomissures, d'excréments, je cherche ma robe, ne la trouve pas. A la porte, accrochée à un clou, une longue cape comme en portaient autrefois les bergers. Je la décroche et m'en enveloppe. Elle est raide de crasse et sent le bouc. Je lance un dernier coup d'œil à la tanière dans laquelle tu m'as conduite. Dans un coin, pêle-mêle, gisent les quatre hommes à demi nus. La vieille est toujours à la même place, elle agite ses bras dans ma direction ; aucun son ne sort de sa bouche pourrie. Le chien lève la tête et remue la queue en me voyant. J'ouvre la porte.

La fraîche odeur de l'aube me redonne des forces. L'air sent la citronnelle et la menthe. Le ciel est rose. Du sang coule le long de mes jambes. Je suis bien. Je sens à peine les pierres du chemin, mes pieds nus me portent, légère. Des écheveaux de brume s'accrochent aux vignes, un petit vent fait chanter les peupliers et pousse jusqu'à moi une odeur de bois brûlé. Je suis emplie d'un grand bien-être…

La maison dort encore. Je parviens jusqu'à la salle de bains sans réveiller Adrienne. Après avoir verrouillé la porte, j'ouvre les robinets de la baignoire. La lourde cape tombe à mes pieds. Quelle est cette créature au regard clair, souriante, échevelée, qui semble sortir d'un film d'épouvante ? Je ris : c'est moi !… Tu peux être content, ils m'ont mise dans un bel état, tes amis !

Je jette dans le tourbillon des sels parfumés à la rose et au géranium. Sous la douche, je me lave les cheveux. Après les avoir rincés, je les coiffe avec une crème pour les rendre souples et brillants.

Tout à coup, je me sens lasse. Je m'immerge en me cramponnant aux rebords de la baignoire. Je me sens fondre dans le bain trop chaud. Non ! Ce serait idiot de s'évanouir maintenant ! Je me mords les lèvres. L'eau bleue est devenue rouge. Je reste quelques minutes sans bouger, puis me nettoie soigneusement, attentive à n'oublier aucune partie de mon corps endolori et repu.

Je sors et enfile ton peignoir d'éponge beige. Je vide la baignoire de son eau dégoûtante, efface toutes traces suspectes. Je ne me sèche pas les cheveux car je crains que le bruit ne réveille Adrienne. Sans quitter ton peignoir, je me glisse dans notre lit.

Je m'endors aussitôt.

Lundi 9 septembre

J'AI dormi quinze heures d'affilée ; je me sens en pleine forme. Adrienne n'en revenait pas de me voir dévorer ses tartines et, surtout, de m'entendre dire que j'avais encore faim. Tu as raison, rien de tel qu'une bonne partie de jambes en l'air pour ouvrir l'appétit !

Tu te souviens comme ça m'agaçait quand tu disais cela au

début de notre mariage ? Je te trouvais vulgaire ! Etais-je sotte !...

Mardi 10 septembre

J'AI bien vu que ta mère était choquée quand je suis entrée dans le salon vêtue de cette petite robe de coton rouge, très décolletée, que tu m'avais offerte à Ibiza. Je crois même l'avoir entendue grommeler, sur ce ton pointu qui m'exaspère tant : « Ce n'est pas une tenue pour une jeune veuve ! »

De qui parle-t-elle ? Pourquoi

est-elle tout en noir, elle qui déteste cette couleur ? Qui est veuve ? Qui est mort ?... Le temps orageux lui fait perdre la raison !

Il y a de quoi, il fait une chaleur qui rend pénible le moindre mouvement ; on se croirait au plus fort de juillet. Mais, dans le salon aux volets clos, il fait bon. Adrienne apporte des boissons glacées. Nous buvons en silence.

Enfin, ta mère est repartie en m'embrassant du bout des lèvres. Ton père, lui, m'a serrée très fort contre lui.

L'orage

Mercredi 11 septembre

J'ai donné congé à Adrienne, elle a accepté avec reconnaissance.

– Je vais enfin pouvoir dormir. Depuis votre maladie, je n'ai pas fermé l'œil.

J'ai manqué lui éclater de rire au nez en pensant à ses ronflements que j'entends chaque nuit jusque dans ma chambre. Prise de scrupule, elle a ajouté :

– Vous êtes sûre que vous pouvez

rester seule, que vous n'aurez besoin de rien ?

– Le docteur J. n'a-t-il pas dit que j'étais tirée d'affaire ? ai-je répondu.

Pour elle, ce que diagnostique le docteur J. est parole d'Évangile. Elle est partie tout à fait rassurée.

Enfin, je vais pouvoir ne m'occuper que de nous, être tout à toi ! Ce soir, je viens te rejoindre.

Même jour, onze heures du soir

J'AI fait une toilette minutieuse et me suis parfumé tout le corps. Mes cheveux longuement brossés brillent. J'ai mis la guêpière blanche que je portais le jour de notre mariage et les bas de soie assortis. J'ai fixé à mes chevilles les rubans de mes chaussures dorées à hauts talons. Je suis prête. J'avale tous les cachets du docteur J. Dans quelques instants, je serai près de toi.

Les lignes qui suivent sont à peine lisibles

L'orage gronde... un éclair illumine le chemin menant au cimetière... les arbres du jardin plient sous le vent... les éclairs se succèdent avec une telle rapidité qu'on y voit comme en plein jour... je me sens lasse... la tête me tourne... j'ai chaud, j'ai froid... la foudre tombe sur le vieil orme qui s'effondre, coupé en deux, dans un grand craquement... la nature est saisie d'une gigantesque danse de Saint-Guy... le vent s'engouffre dans la chambre et soulève mes cheveux... j'entends ta voix... j'ai du mal à garder les yeux ouverts... tu me tends les bras... je ne sens presque plus mes jambes... j'arrive, mon amour... j'arrive... un bonheur glacé m'envahit... je t'aime... je t'aime...

C'EST *dans un poste à la frontière du Tonkin et de la Chine que j'ai appris la mort, à quelques jours d'intervalle, de ma jeune tante et de son mari. Elle était la petite sœur de ma mère ; nous n'avions que trois ans de différence. Depuis la mort de mes parents, elle était ma seule famille. Je ne suis revenu en France que dix-huit mois après son décès. Etant son seul héritier, je suis allé chez le notaire de la famille, à B. Après m'avoir présenté ses condoléances, maître L. m'a remis les clés de la propriété dont j'héritais en me disant :*

– Quelle tristesse, une si jeune femme !

– Comment est-elle morte ? ai-je demandé.

– Tuée par la foudre.

J'ai pris ma voiture et me suis rendu au domaine. Une domestique d'une cinquantaine d'années m'a accueilli. Le notaire l'ayant prévenue de ma visite, elle avait ouvert les fenêtres. Malgré cela, une odeur de moisi et de renfermé persistait.

– Vous étiez là au moment de la mort de ma tante et de son mari ?

– Oui. Le pauvre monsieur est mort d'un cancer six mois après son mariage, et madame un mois après lui, tuée par l'orage.

Je lui ai ordonné de me laisser seul et j'ai fait le tour de la maison. J'ai ouvert les tiroirs du secrétaire de la chambre ; l'un d'eux avait un double fond. J'y ai glissé la main et en ai retiré un cahier à couverture de toile noire, un recueil en mauvais état des Poésies *de Thérèse de l'Enfant-Jésus et une trentaine de feuillets dactylographiés, corrigés à l'encre bleue d'une petite écriture appliquée, signés Pierre Angélique*[1] *et intitulé :* Le Mort.

Un titre, sur le premier feuillet, m'intrigua :

MARIE RESTA SEULE AVEC ÉDOUARD MORT.

Marie était le prénom de ma tante ; celui de son époux, Édouard.

Je continuait ma lecture :

« Lorsque Édouard retomba mort, un vide se fit en elle, un long frisson la parcourut, qui s'éleva comme un ange. Ses seins nus se dressaient dans une église de rêve où le sentiment de l'irrémédiable l'épuisait. Debout, auprès du mort, absente, au-dessus

1. *Pseudonyme de Georges Bataille sous lequel il publia clandestinement, en 1941 et 1945,* MADAME EDWARDA, *avant de le publier, en 1956 chez Jean-Jacques Pauvert, toujours sous ce pseudonyme, ne consentant à signer de son nom que la préface.*

d'elle-même, en une extase lente, atterrée. Elle se sut désespérée, mais elle jouait de son désespoir. Edouard en mourant l'avait suppliée de se mettre nue.

Elle n'avait pas pu le faire à temps ! Elle était là, échevelée : seule sa poitrine avait jailli de la robe arrachée. »

Un grand malaise m'envahit. Je poursuivis. Quand j'eus terminé, je restai le cœur battant, entouré des feuillets éparpillés sur le lit, un goût de cendre dans la bouche avec les trois derniers mots de ce texte étrange cognant dans ma tête : « Restait le soleil. »

Je me levai et allai à la fenêtre. Devant moi s'étendaient vignes, champs et bois dans une douce lumière d'automne apaisé. On sentait sur ces lieux la main de l'homme et le travail obstiné des générations. Je revins vers le secrétaire et pris les poèmes de Thérèse Martin. Le petit volume s'ouvrit à une page où un passage avait été encadré au crayon rouge :

Mon Bien-Aimé, de ton premier sourire
Fais-moi bientôt entrevoir la douceur ;
Ah ! laisse-moi, dans mon brûlant délire,

Oui, laisse-moi me cacher en ton Cœur.

Heureux instant !... Ô bonheur ineffable !

Quand j'entendrai le doux son de ta voix...

Quand je verrai de ta Face adorable

L'éclat divin, pour la première fois !

Je restai perplexe. Que venait faire Thérèse de l'Enfant-Jésus avec Pierre Angélique ?

J'ouvris le cahier noir. Sur la première page était écrit, en lettres d'imprimerie : L'ORAGE*. Je me suis assis et j'ai lu.*

Après ma lecture, je suis resté longtemps songeur. Que devais-je faire de ce cahier : le détruire, le garder, le publier ? J'ai quitté la chambre en emportant, comme un voleur, le contenu du tiroir secret.

Indécis, je suis reparti pour B. .

Si j'en crois le cahier, ce n'est pas la foudre qui l'a tuée : elle s'est suicidée. Pourquoi tous disent-ils le contraire ?

Le lendemain, je suis allé au siège du journal local et j'ai demandé à consulter les journaux du 12 septembre et des jours suivants. Voici ce que j'ai découvert :

TUÉE PAR LA FOUDRE UN MOIS APRÈS LA MORT DE SON ÉPOUX

La jeune madame D., âgée de vingt-six ans, a été découverte sans vie dans les vignes entourant sa propriété dans la nuit du 11 au 12 septembre. Le corps nu ne portait aucune trace de blessures ni de violences. Après examen, le médecin légiste a conclu que la jeune femme était morte foudroyée, ce qui explique, a-t-il ajouté, qu'on l'ait retrouvée sans vêtements, la foudre les ayant détruits. Madame D. avait perdu son époux à la suite d'une terrible maladie qui s'était déclarée peu de temps après leur mariage. Toute la rédaction s'associe à ces tristes deuils.

A la recherche de je ne sais trop

quoi, j'ai feuilleté les autres journaux. Un entrefilet a retenu mon attention :

DANS LES BOIS DE M. DES ENFANTS DÉCOUVRENT UN PENDU

Découverte macabre pour les petits Éric et Michel – huit et dix ans – qui jouaient à cache-cache dans les bois de M.. A la branche d'un chêne pendait le corps de Lucien R., dit Lulu, bien connu dans la région. En effet, le jeune homme, simple d'esprit, était chargé par la commune de M. de l'entretien du cimetière. Le suicide ne fait aucun doute. Un détail a cependant surpris les gendarmes : le malheureux portait autour du cou un porte-jarretelles de dentelle blanche. Sans doute l'avait-il dérobé sur le fil à linge d'une voisine.

FIN